DIE KÖNIGIN ISHTAR

MICHAEL SCHUBERT

DIE KÖNIGIN ISHTAR

Eine Mysterienlegende

Mit Bildern von Hansjörg Aenis

URACHHAUS

Es ist noch nicht sehr lange her, da kannte sie jeder: Die Geschichte von der schönen Königin Ishtar.

Ishtar war keine gewöhnliche Königin. Sie war die Königin des Lebens. Weder Tod noch das Alter konnten ihr etwas anhaben, und so blieb ihr die Not des Sterbens erspart. Auch von Krankheiten blieb sie verschont. Sie kannte weder Schmerzen noch Unbehagen und war unverletzbar. Ishtar war wirklich die unsterbliche Königin des Lebens.

Ihre Schönheit rühmte man in allen Landen. Manche Menschen sagten, sie sei so schön wie das rosenfarbene Licht der Wolken am Morgenhimmel, bevor die Sonne aufgeht, andere verglichen sie mit dem milden, silbernen Glanz des Ostervollmondes. Ihre Augen leuchteten wie die Sterne in der Nacht. Alle aber waren sich darin einig: Ishtars Schönheit war mit nichts auf der ganzen Welt zu vergleichen. Gerade deswegen war es gefährlich, ihr unverhofft zu begegnen. Eine unsterbliche Liebe hätte jeden Mann, jeden Jüngling auf der Stelle erfasst, sobald er die Königin erblickte, und sei es nur für die Dauer eines Wimpernschlages.

Die Königin wusste um diese Gefahr und hütete sich davor. Es ist ein großes Unglück, wenn zwischen einem unsterblichen Geschöpf und einem sterblichen Menschen die Liebe entbrennt. Deshalb verließ Ishtar nur selten ihr verborgenes Reich, und noch niemals hatten Menschenaugen sie je erblickt. Und dennoch wird die Geschichte von der schönen Königin Ishtar bis auf den heutigen Tag erzählt.

Durch ihre Schönheit überzog Ishtar ihr eigenes Königreich mit besonderem Liebreiz und Glanz. Das ganze Land erschien durch ihre bloße Anwesenheit wie in einem Goldschimmer. Wenn Ishtar an hohen Festtagen in ihrem königlichen Gewand im Schlossgarten lustwandelte, auf dem Haupte die goldene Krone, die von hellen Diamanten funkelte, dann schienen selbst die samtenen Rosen und die edlen Lilien etwas von ihrer Schönheit und Pracht einzubüßen. Die Krone, die die Königin auf ihrem stolz erhobenen Haupte trug, überstrahlte alle Herrlichkeiten der Natur.

Einmal aber ist doch geschehen, was nie hätte geschehen sollen.

Das unergründliche Schicksal fügte es, dass ein Jüngling, schön von Gestalt und Wuchs, dazu aufrichtig in seiner Gesinnung, Ishtar begegnete und von ihrem Blick im innersten Kern angerührt wurde. Neue, unbekannte Gefühle drangen in seine Seele. Er wurde unrettbar von der Liebe zu ihr ergriffen. Aber auch Ishtar, die hohe Königin, wusste nicht, wie ihr geschah. Sie wurde ebenfalls – noch nie zuvor war ihr Ähnliches geschehen – von der Liebe überwältigt, so dass ihr Herz von lodernden Flammen erfasst wurde und sie sich selbst nicht mehr kannte.

Wie aber konnte geschehen, was nun geschehen war?

Hört zu!

Ishtar, die Königin des Lebens, wachte von jeher darüber, dass alles Leben auf der Erde seinen rechten Fortgang nimmt, nichts verdorrt, was noch nicht sterben soll, aber auch nichts gerade dort wuchert, wo Schöneres verdrängt würde. Sie hieß Wolken und Winde hierhin oder dorthin gehen, damit es zur rechten Zeit und am rechten Orte regnete, ließ die Sonne hier wärmen und dort verbrennen, wies den Mond an, sich zu ründen oder abzunehmen. Ishtar war der Erde segensreiche Gärtnerin und die Geister der Luft, der Erde, des Wassers und des Feuers standen ihr zu Diensten. Sie gaben ihr täglich Kunde, wie alles auf der Erde, ihrem Garten, wuchs und gedieh.

Immer, wenn ein Jahrhundert zu Ende ging und das neue aus der Taufe gehoben wurde, musste die Königin zu diesem Zwecke ihr eigenes Reich verlassen und die Erde betreten. Sie begab sich an die Wiege des neuen Zeitalters, legte die besten Früchte und Sämereien, die die Erde im Laufe der vergangenen hundert Jahre hervorgebracht hatte, hinein und sprach ihren Segen darüber.

Kein Mensch sollte sie dabei entdecken. Deshalb wartete sie jeweils am letzten Abend des alten Jahrhunderts bis zur Mitternacht. Mitunter kam es vor, dass in dieser wichtigen Nacht gerade Vollmond war. Dann befahl sie ihm, sich für eine Weile hinter dunklen Wolken zu verbergen, legte still all ihren kostbaren Schmuck ab und nahm die funkelnde Krone vom Haupte. Sie hüllte sich in zwölf mal zwölf dunkle Seidenschleier, von denen einer immer schwärzer war als der andere. Dann hielt sie von den Zinnen ihres Schlossturmes ringsum Ausschau, und erst, wenn alle Menschen auf der Erde schliefen, alle Kerzen und Herdfeuer erloschen waren, erst in der Mitternachtsstunde befahl sie den Torwächtern, die starken Eisenketten der Zugbrücke herabzulassen. Dann schritt die tiefverschleierte Königin über eine Brücke aus lichtem Kristall auf die Erde. Unter den dunklen Schleiern versteckt, trug Ishtar ein Säckchen voller Sämereien: einen kostbaren Schatz – Saat und Segen für das neue Jahrhundert, dazu bestimmt, ihm in die Wiege gelegt zu werden.

Unhörbar und unter ihren schwarzen Schleiern gänzlich verborgen, war die Königin Ishtar wiederum in einer Weltenmitternachtsstunde über die kristallene Brücke geschritten.

Der Weg, den die Königin zu gehen hatte, führte mitten in einen Garten, der dem mächtigsten König der Erde gehörte. Dieser König hatte einen einzigen Sohn namens Tammuz, der zu einem stattlichen, hochgesinnten Jüngling herangewachsen war.

Nach dem Abendessen war er in den Garten gegangen und hatte sich lang ins Gras gestreckt.

In dieser Nacht konnte Tammuz keinen Schlaf finden; und so lag er nun auf dem Rücken, schaute zum Nachthimmel empor und suchte in dem Geglitzer des Himmelsgewölbes seinen Stern: jenen blauen Fun-

kelstern, mit dem er sich wie mit einem goldenen Bande verbunden fühlte. Da war ihm auf einmal, als ob er von einem warmen, milden Windhauch berührt würde. Er war so sehr in den Anblick des Sternenhimmels versunken, dass er nicht sicher war, ob er nun träumte oder ob es Wirklichkeit war, was er erlebte. Er sah, daran gab es keinen Zweifel, eine wundersame, hell schimmernde Hand, die ein prall gefülltes Leinensäckchen durch die Nacht trug. Nichts weiter sah er als nur dieses Säckchen, das von einer unsichtbaren Hand durch die Finsternis der Nacht getragen wurde.

Alles hatte die Königin bedacht, doch hatte sie vergessen, ihre Hand, die das Säckchen trug, unter den dunklen Schleiern zu verbergen!

Als der Königssohn das sah, erhob er sich lautlos von seinem Lager und folgte der wundersamen Erscheinung. Er wollte dieses Rätsel ergründen.

Jedes Geräusch vermeidend, folgte er der durch die Nacht schwebenden Hand in geringem Abstand.

Und so geschah es, dass der edle Jüngling zugleich mit der Königin Ishtar, jedoch von ihr völlig unbemerkt, an die Wiege des neuen Jahrhunderts trat. Als die Königin nun, damit sie ihre Geschenke an die richtige Stelle in die Wiege legen konnte, die Schleier vor ihrem Gesicht aufhob, stand der Prinz unerwartet diesem Gesicht von nie erblickter Schönheit gegenüber. Da entfuhr ihm – wem wäre es anders ergangen? – ein unbesonnener Ausruf des Staunens.

Erschreckt blickte Ishtar auf, die Blicke der unsterblichen Königin und des sterblichen Jünglings begegneten sich und beider Herzen entflammten sogleich in Liebe zu einander.

Die überirdische Schönheit der Unsterblichen erschütterte den Königssohn derartig in den Tiefen seiner Seele, dass der freudige Schrecken ihn lähmte und augenblicklich erstarren ließ. Wie ein Standbild aus Marmor konnte er sich nicht mehr rühren.

Sein Herz aber brannte lichterloh vor Liebe zu der schönen Königin.

Auch ihr Herz loderte in unlöschbaren Flammen, und als sie sah, welch grausames Schicksal sie dem Geliebten bereitet hatte, wurde sie von tiefem Schmerz ergriffen. Ihr eigenes Leben schien ihr nichts mehr wert und gerne hätte sie es hergegeben, könnte sie dadurch den Jüngling wieder zum Leben erwecken. Ishtar aber war mit dem Wasser des Lebens getauft. Sie konnte nicht sterben, sondern musste bis ans Ende aller Zeiten leben.

Noch nie zuvor hatte sie die Unsterblichkeit als Bürde erfahren. Jetzt aber hätte sie gerne auf sie verzichtet, wenn dadurch der Geliebte hätte erlöst werden können!

Sie wusste jedoch, dass dies nicht möglich war.

Und weil sie keine Sterbliche werden konnte, fasste sie einen kühnen Gedanken: Der so innig Geliebte, dessen Namen sie nicht einmal kannte, musste unsterblich werden! Doch wie sollte das gelingen?

Soweit sich Ishtar erinnern konnte, war so etwas noch niemals zuvor geschehen. Doch augenblicklich stand ihr Entschluss fest: »Ich muss hinuntersteigen zu dem Quell des Ewigen Lebens und von dem Lebenswasser holen. Nur dieses Wasser kann meinen Geliebten unsterblich machen!«

Tief, tief im Innern der Erde, verschlossen hinter sieben Toren, das wusste sie, sprudelte noch immer der Quell des Segen spendenden Lebenswassers. Sie würde damit den zu Stein erstarrten Prinzen benetzen, und er würde wieder aus seiner Erstarrung erwachen und fortan unsterblich sein. Ihre Liebe zueinander würde dann unvergänglich werden und ewig dauern!

Als sie diesen Gedanken gefasst hatte, fuhr eine solche Freude in ihr Herz, dass sie den zu Stein gewordenen Jüngling fest in ihre Arme schloss und mit ihm einen jubelnden Freudentanz aufführte. Der Arme wusste nicht, wie ihm geschah.

Währenddessen hatte sich der Himmel im Osten bereits grau gefärbt, und nur noch eine einzige Nachtigall sang ihre wehmütige Liebesklage aus einem Rosenbusch. Die schöne Königin musste sich eilen, wollte sie nicht noch weiteres Unglück anrichten. Vorsichtig stellte Ishtar ihren zur Leblosigkeit erstarrten Bräutigam wieder auf die Füße, küsste seine marmorkühlen Lippen und eilte über die Kristallbrücke zurück in ihr Reich. Mit rasselnden Ketten wurde hinter ihr die Zugbrücke wieder eingeholt.

Die Königin ahnte wohl, was ihr nun bevorstand. Übermenschliche Anstrengungen, Qualen und Schmerzen würde sie erfahren. Denn auf dem Weg zum Quell des Lebenswassers galten ihre königlichen Vorrechte nicht. Sobald sie das erste der sieben Tore durchschritt, war das Gesetz ihrer Unsterblichkeit aufgehoben.

Das alles war ihr bekannt, doch nichts hätte sie von ihrem Entschluss abbringen können, das Wasser des Lebens zu holen.

Diesen Widersinn kann nur begreifen, wen einmal im Leben die Liebe richtig erfasst hat. Für den aber steht die Liebe selbst über der höchsten Vernunft.

DAS ERSTE TOR

Ishtar rüstete sich sogleich für das gefahrvolle Unternehmen. Am nächsten Morgen zog sie ihr schönstes Kleid an. Es war aus goldenem Brokat, durch den Bänder aus dunkelblauer Seide gezogen waren. Sie legte ihren königlichen Schmuck an und ließ sich die Diamantenkrone aufs Haupt setzen. Bei Sonnenaufgang ritt sie auf ihrem Schimmel, den eine mit goldenen Stickereien versehene rote Satteldecke zierte, begleitet von ihrem ganzen Hofstaat, auf das erste der sieben Tore zu. Es befand sich am Fuße einer schroffen, weit überhängenden Felswand. Doch was für ein seltsames Tor war das? Es sah aus wie das Maul eines riesigen Haifisches, oben und unten mit mehreren Reihen messerartiger Zähne versehen. Es öffnete und schloss sich in einem fort. Beim Öffnen verfärbte sich der nach innen gehende Schlund, bis es dunkelrot daraus hervorleuchtete. Dann wurde das maulartige Tor flacher und lebloser, wobei die rote Farbe einem blassen Blau wich. Was noch kurz zuvor als ein mit Messerzähnen bewehrtes Gatter erschien, wurde jetzt zu einem bläulichen Strich, wobei kurze, spitze, hornartige Dornen von oben und unten die gefährliche Spalte verschlossen. Dann öffnete sie sich wieder, wurde erneut zu diesem grässlichen dunkelroten Maul, dessen innerer Ring für einen Augenblick gerade so groß wurde, dass ein Mensch, wenn er genau den rechten Zeitpunkt abpasste, mit einem mutigen Sprung, Kopf und Hände voraus, durch die Öffnung gelangen konnte, bevor sich hinter ihm das Zähnegatter wieder schloss.

Ishtar ließ ihr Gefolge umkehren. Ein Knappe bekam den Auftrag, ihren getreuen Schimmel am Zügel zurückzuführen und während ihrer Abwesenheit gut zu versorgen.

Als sie schließlich ganz alleine war, überdachte sie noch einmal ihren Entschluss. Niemand zwang sie, den Weg, der hinter diesem Tore begann, zu gehen. Und wenn es ihr nicht gelingen würde, den Weg zur Quelle des Lebenswassers zu finden? Dann war ihr ein qualvoller Tod gewiss. Ihr schöner Bräutigam aber würde auf ewig zu Stein erstarrt bleiben.

Seit sie aber auf dem Grund der Augen jenes Königssohns die Liebe gefunden hatte, wollte sie lieber sterben, als ohne ihn weiterleben. Ihr Entschluss stand fest. Sie würde den Sprung um der Liebe willen wagen!

Damit sie besser durch das Tor schlüpfen konnte, nahm sie ihre Krone vom Haupt und legte sie davor auf einen Stein.

Lange Zeit verharrte sie – äußerlich reglos – vor dem Tor, sah, wie es sich öffnete und schloss, schloss und öffnete, sah den Ring scharfer Messerzähne sich weiten und wieder zu einer winzigen Pupille schließen. Nicht zu früh durfte sie springen, aber auch nicht zu spät. Und so wartete sie, bis sie den richtigen Augenblick für den Absprung spürte. Es war, als ob eine innere Stimme ihr zuriefe: »Jetzt musst du springen, jetzt!«

Sprach jemand zu ihr? Hörte sie die Stimme ihres schönen Geliebten oder waren es ihre eigenen Gedanken?

Alle Zögerlichkeit, alle Zweifel und Ängste waren der ruhigen Gewissheit gewichen: »Ich weiß, dass ich es schaffen werde, denn mein Geliebter wartet auf mich. Ich werde ihn erlösen!«

Sicher sprang sie durch den Messerring, mit dem Kopf voraus, weil es nur so möglich war, durch das Tor zu gelangen. Und sie landete unbeschadet auf der anderen Seite. Nur der Saum ihres Kleides geriet zwischen die scharfen Zähne und er war nun ganz zerrissen und zerfasert.

Als sich Ishtar in der neuen Umgebung zurechtgefunden hatte, wurde sie von einer großen Zuversicht erfüllt. Noch sechs Tore lagen vor ihr, und der Anfang war schon geschafft!

DAS ZWEITE TOR

Die Höhle, in der Ishtar nun stand, lag in einem feuchten Halbdunkel, und es drang nur wenig Licht durch das hinter ihr liegende Tor herein. Gerade genug, um zu erkennen, dass das Gewölbe allmählich in einen Gang überging, der in gleichmäßigen Windungen steil in die Tiefe führte. Wie in einem großen Schneckengehäuse stieg sie abwärts. Je tiefer sie kam, desto wärmer und dunkler wurde es um sie. Kaum hatten sich ihre Augen an das dämmrige Licht gewöhnt, da wurde es in dem Gang auch schon wieder heller, und sie konnte ihren Weg in die Tiefe immer sicherer finden. Woher kam nur dieses rötliche Licht, das, bald heller, bald dunkler, vor ihr den Weg erkennbar werden ließ? Es ging auch nicht mehr so steil abwärts, und schließlich weitete sich der Gang und wurde zu einer hohen Halle, an deren Ende sie das nächste Tor erblickte.
Ein Tor? Ein Flammenmeer schlug ihr entgegen! Jetzt sah Ishtar auch, woher das Licht kam. Prasselnde Feuerlohen wirbelten wild empor, tanzten in rasenden Drehungen, und glühende Funken in allen Farben regneten aus der Höhe herab. Das Feuer knisterte und knackte. Es gab zischende Laute von sich wie ein wütender Drache.
Die tobenden Flammen verbreiteten eine unerträgliche Hitze. Sie hatten schon die Fransen ihres zerfetzten Kleidersaums angesengt. Immer gewaltiger wuchs des Feuers Macht und es schien unausweichlich, dass Ishtar verbrennen müsse.
Doch was war das?
Auf einmal war die Gewalt des Feuers gebrochen, die Flammen wurden zusehends kleiner, fielen mehr und mehr in sich zusammen, und kurz darauf war das Feuer erloschen. In der Höhle war es auf einmal dunkel und kalt, und es wurde immer noch kälter und dunkler. Als der letzte Feuerfunke verglommen war, begann es zu schneien. Schneeflocken taumelten wie Daunenfedern aus dem hohen Gewölbebogen herab. Zuerst fielen nur vereinzelte Flocken, dann wurden es immer mehr, bis schließlich ein dichtes Schneegestöber herrschte. Darauf begann es zu hageln. Zunächst prasselten nur erbsengroße Körner herab. Danach krachten immer größere Eisbrocken mit Donnergetöse herunter, türmten sich übereinander und hätten jeden erschlagen, der darunter geraten wäre.
Kaum aber war der Durchgang zur anderen Seite der Halle ganz und gar mit bläulich schimmernden Eisbrocken zugepackt, als schon wieder winzig kleine Flämmchen aus dem Boden züngelten, höher und immer höher wuchsen und dabei alles Eis in großer Geschwindigkeit gierig aufleckten.
Und als das letzte Graupelkörnchen geschmolzen war, wuchs wiederum das Wüten der Feuersbrunst ins Unermessliche. Dieses Schauspiel wiederholte sich in endloser Folge. Ishtar stand staunend davor. Sollte es möglich sein, dieses Tor zu durchschreiten?

Welche Gefahr war größer? Von den Flammen verzehrt oder von den Eisbrocken erschlagen zu werden? Wieder und immer wieder beobachtete Ishtar das wechselnde Spiel der Naturgewalten.
Dabei fiel ihr etwas auf: Zwischen der unerträglichen Hitze, die aus der Bodenspalte mit den Flammen heraufloderte und der bis ins Mark schneidenden Kälte der von oben herabfallenden Eismassen gab es jeweils einen kurzen Augenblick, in dem es geradezu angenehm war in der Höhle, nicht zu warm, aber auch nicht zu kalt.
Ishtar trat bis an die Abbruchkante und sah, wie sich das Flammenmeer immer tiefer in die Kluft zurückzog, als auch schon dichte Schneemassen und die ersten Eisbrocken von oben herabfielen und sie in die Tiefe zu reißen drohten. Schnell sprang sie wieder vom Abgrund zurück. Sie hatte aber noch etwas entdeckt: Gerade an der Stelle, wo sie an der Klippe gestanden hatte, führte ein schmales Felsband hinüber auf die andere Seite der Kluft. Es war so schmal, dass zwei Füße nicht nebeneinander darauf stehen konnten. War es möglich, diesen Felssaum als Brücke zu nutzen?
Sicher eine gefährliche Brücke, denn wenn Ishtar ausglitt oder der Felsen unter ihren Füßen wegbrach, war ihr der Tod gewiss. Aber einen anderen Weg hinüber gab es nicht. Ihre königlichen Schuhe waren dafür nicht zu gebrauchen. Auf diesen schmalen Pfad konnte sie sich allenfalls barfuß wagen. Ishtar bemerkte, dass das Felsenband, über das sie sich schon laufen sah, glühend heiß war, denn als die ersten Schneeflocken von oben darauf fielen, verdampften sie mit heftigem Zischen. Zögerte sie aber zu lange, würden die von oben herabstürzenden Eismassen sie erschlagen.
Nachdem sie alles sorgfältig bedacht hatte, zog sie kurz entschlossen ihre Schuhe aus und stellte sie auf einen Stein, weit genug von der Flammengewalt entfernt. Für den schwierigen Brückengang musste sie die Hände zum Balancieren frei haben. Sollte es ihr gelingen, auf die andere Seite zu kommen, würde sie eben barfuß weitergehen!
Ishtar wartete, bis sich die Flammengewalt minderte, trat dabei Schritt um Schritt näher an die Felsspalte heran, und als die letzte flackernde Funkenflamme verglommen und bereits die ersten Schneeflocken herabtaumelten, war ihr, als vernähme sie wieder die sanfte Stimme ihres Geliebten: »Jetzt musst du laufen, jetzt!« Mit wenigen leichten Schritten – die Füße berührten kaum das glühend heiße Gestein unter ihr, sie tanzte mehr als sie lief – gelangte sie hinüber auf die andere Seite. Mit der Leichtigkeit eines Schmetterlings hatte sie die Gefahren des zweiten Tores unbeschadet bezwungen. Selbst ihre zarten Füße waren unversehrt geblieben.
Als sie sich umschaute, hatten sich über dem Abgrund, den sie soeben überwunden hatte, bereits wieder mächtige Eisblöcke aufgetürmt.

DAS DRITTE TOR

Wie aber ging es weiter? Zunächst führte der Gang geradeaus, dann aber ging es steil nach unten und Ishtar spürte Treppenstufen unter ihren Füßen. In dem dämmrigen Licht konnte sie nicht viel erkennen. In der Luft lag ein schwefliger Geruch wie in einer alten Dorfschmiede. Ishtar hätte nicht sagen können, wie sie darauf kam, doch spürte sie mit allen Sinnen, dass sie auf einer endlosen Wendeltreppe immer tiefer in einen Vulkanschlot hinabstieg. Mit dem Rücken und den Händen an der Wand tastete sie sich vorsichtig Stufe um Stufe in die Tiefe. Die Treppe hatte kein Geländer und war sehr schmal! Wie von einem unsichtbaren hilfreichen Wesen geleitet, stieg sie die Treppe hinab, immer tiefer.

Endlich spürte sie wieder sicheren Boden unter den Füßen. Sie war auf dem Grunde des Vulkanschlotes angekommen. Ein geräumiger Gang führte aus dem Kraterloch seitwärts hinaus. Hier war es etwas heller als zuvor, so dass sie gut voran kam. Da vernahm sie aus der Ferne ein Rauschen, das mit jedem ihrer Schritte lauter wurde. Es kündigte das nächste Tor an.

Bald stand sie vor einem tosenden Wasserfall, der mit Urgewalt über eine hohe Felswand hinabstürzte, den Gang in seiner ganzen Breite mit einer dicken Wasserwand versperrend. Wer in diese Wasserkaskade geriet, der war verloren! Als Ishtar davor stand, sah sie durch den dichten Wasservorhang, dass der Gang von einer tiefen Schlucht durchschnitten wurde. Wasserdunst lag in der Luft und vernebelte die Sicht.

Wie konnte sie hier ihren Weg fortsetzen?

Als sie eine Weile dort gestanden hatte, erschien ihr das Rauschen allmählich nicht mehr ganz so beängstigend. Hatte sie sich etwa schon daran gewöhnt? Nein, der Wasserstrom wurde tatsächlich schwächer, nahm immer mehr ab und hörte kurz darauf gänzlich auf. Nur noch einzelne Tropfen fielen von der Decke, während sich in den Tiefen der Schlucht das Wasser gurgelnd verlor.

Durch den dichten Sprühregen, der sie umgab, erkannte Ishtar schemenartig, dass sich der Gang jenseits der Kluft fortsetzte, doch nirgends sah sie eine Brücke. Wie sollte sie nur hinüber gelangen?

Kaum war der Wasserfall versiegt, spürte sie ein leises Zittern unter ihren Füßen. Es wurde immer stärker und schwoll erdbebenartig an. Wie bei einem entfernten Gewitter war anfangs nur ein leises Grummeln zu vernehmen, das immer näher kam und zu einem Furcht erregenden Donnergrollen anschwoll.

Unvermittelt prasselten gewaltige Steinbrocken von oben herab und verschwanden in den Tiefen der Schlucht. Eine Felslawine polterte vor ihr in den Abgrund. Staubige Luft erfüllte den Höhlengang und machte das Atmen mühsam. Über allem lag immer der leichte Schwefelgeruch. Auch dieses Schauspiel verebbte nach und nach, die herabprasselnden Steine wurden kleiner, waren noch so groß wie Pflastersteine, gleich darauf nur noch erbsengroß.

Kaum aber war das letzte, winzig kleine Kieselsteinchen über die Felsklippe hinuntergeklimpert, als sich auch schon wieder die Wasserschleusen öffneten. Wiederum die ganze Breite der Kluft ausfüllend, rauschte die wilde Wasserwucht gischtsprühend und mit lautem Getöse in die unergründliche Tiefe. Dieses Spiel der Naturgewalten wiederholte sich immer wieder.

In den kurzen Pausen, in denen das Wasser versiegte und der Steinschlag sich schon grollend vorbereitete oder wenn der zu Ende kommende Steinschlag den Wasserfall bereits ankündigte, trat Ishtar so nah wie möglich an den Rand der Felsspalte, die an die fünf Klafter breit war. Ja, wenn sie jetzt ihren Schimmel gehabt hätte! Er würde sie auf seinen Rücken nehmen und mühelos mit ihr über den Graben springen. So aber musste sie selbst einen großen Anlauf nehmen und den Sprung über den Abgrund wagen.

Die größte Gefahr stellte dabei ihr kostbares, langes Kleid dar. Es würde sie bei ihrem schnellen Anlauf nur hindern. Und wenn sie versehentlich auf den Saum träte und hinfiele?

Kurz entschlossen zog sie ihr königliches Kleid aus, faltete es sorgsam zusammen, legte es weit genug von dem Abgrund entfernt auf einen Stein. Sie hatte jetzt nur noch ihr schlichtes Unterkleid an.

Dann prüfte sie die Stelle, von der sie abspringen musste und nahm immer wieder Maß für den Anlauf. Sie musste den richtigen Absprung schaffen, sonst würde sie zu kurz springen und mit dem Wasser und den Felsbrocken in die Kluft stürzen. Und was, wenn sie auf dem feuchten Boden ausglitt?

Als sie alles gut bedacht hatte, schloss sie die Augen, richtete ihres Herzens Gedanken voller Zuversicht auf ihren zu Stein gewordenen Geliebten und wartete – wartete, bis wiederum seine Stimme ihr zuraunte: »Jetzt musst du loslaufen und springen, jetzt!« Dann aber lief sie, so schnell sie konnte, lief und sprang, wie sie in ihrem ganzen Leben noch nie gelaufen und gesprungen war.

Sie erreichte die andere Seite der Kluft, bevor im nächsten Augenblick die Wassermassen hinter ihr wiederum mit ohrenbetäubendem Lärm in den Abgrund donnerten.

DAS VIERTE TOR

Ishtar war erleichtert, dass sie auch dieses Hindernis überwunden hatte, gönnte sich aber keine Rast, sondern eilte weiter, dem vierten Tore entgegen. Eine Weile noch ging es geradeaus, dann schlängelte sich der Weg in vielen Windungen in die Tiefe. Immer finsterer wurde es im Gang. Nur das Echo der eigenen Schritte hallte ihr von den Wänden entgegen. Immer öfter blieb sie lauschend stehen; wie still war es dann! Noch niemals in ihrem Leben hatte sie sich so einsam gefühlt. Tränen rannen ihr über die Wangen, denn wie sollte sie sich hier zurechtfinden? Sie fühlte sich so hilflos. Wenn nur jemand bei ihr wäre!

Sie überwand ihre Hilflosigkeit, indem sie einfach weiterging. Und während sie sich mit den Händen an der Wand des Ganges zaghaft vorwärts tastete, gewöhnten sich ihre Augen allmählich an die Finsternis. Ja, sie bemerkte staunend, dass ein sanftes, kaum wahrnehmbares Licht immer dort aufschimmerte, wohin sie ihren Blick richtete. Ein leiser, freudiger Jauchzer entschlüpfte ihren Lippen. Die Liebe hatte ihre Augen in Lichter verwandelt, die ihr in der lautlosen Dunkelheit den Weg zu ihrem Bräutigam erhellten!

Wie lange sie so gegangen war, vorsichtig, Schritt um Schritt? Eine Ewigkeit? Oder nur einige Augenblicke? Ishtar hatte jegliches Gefühl für Raum und Zeit verloren, sie verspürte weder Hunger noch Durst. Allmählich veränderte sich ihre Umgebung. Ein widerlicher Gestank zog ihr in dichten Schwaden entgegen. Moderduft, wie sie ihn noch nie gerochen hatte, in Wellen auf- und abschwellend, umgab sie. So stand Ishtar die nächste schwere Prüfung bevor.

Wenn es im Gang nur nicht so finster gewesen wäre! Von dem beißenden Geruch, der die Luft erfüllte, tränten ihre Augen so stark, dass sie sich den Weg mit Händen und Füßen ertasten musste.

Der Boden unter Ishtars Füßen vibrierte leise und sie fühlte sich plötzlich von einer tödlichen Gefahr bedroht. Sie blieb augenblicklich stehen, obwohl gerade jetzt der Gestank unerträglich zunahm. Sie war von Giftschwaden eingehüllt und konnte kaum atmen.

Weil ihr schwindlig wurde, tastete sie an der Tunnelwand verzweifelt nach einem sicheren Halt. Endlich hatte sie einen Felsvorsprung gefunden und hielt sich mit beiden Händen daran fest. Das war ihr Glück! Denn kurz darauf gab es einen mächtigen Ruck und sie wäre unweigerlich vornüber in einen tiefen Abgrund gestürzt, der sich schwarz und saugend vor ihren Füßen auftat. Dann spürte sie, wie der Boden unter ihr wiederum zu vibrieren begann und der ganze Tunnel in immer größer werdender Geschwindigkeit mit ihr so lange rückwärts fuhr, bis es abermals einen scharfen Ruck gab, bei dem sie zum zweiten Male beinahe den Halt verloren hätte.

Erneut setzte sich der Tunnel mit ihr in Bewegung, es ging wieder vorwärts, während gleichzeitig der Gestank zunahm. Ishtar richtete den Blick nach vorne und erkannte in dem matten Licht, dass von der gegenüberliegenden Seite eine Felswand, in der sie die Fortsetzung des Tunnels als schwarzes Loch ausmachte, auf sie zugerast kam. Schon schienen beide Felswände aufeinanderzuprallen, als es einen jähen Ruck gab. Er überraschte Ishtar nicht mehr, dennoch hätte sie fast ihren Haltegriff verloren und wäre in die Tiefe gestürzt.

Schon strebten die beiden Felswände, die kurz zuvor nur einen Fußbreit voneinander entfernt waren, wieder auseinander, den üblen Gestank, der ringsum alles verpestete, mit in die Tiefe saugend.

Ishtar stand an der rückwärts fahrenden Tunnelkante und hielt sich fest, so gut es ging. Als sie über die Schulter einen Blick in den Abgrund warf, erblickte sie einen siebenköpfigen Drachen, der mit seinen hässlichen, Feuer speienden Mäulern vergeblich nach ihr bleckte. Dieser Drachenatem war es, der die Luft so unerträglich verpestete.

Ishtar ließ sich durch das ruckartige Anhalten der beiden Felswände nicht mehr ins Wanken bringen. Sie verlor die Angst vor dem Hindernis ebenso wie vor dem Drachen, der so plump und schwerfällig war, dass er immer wieder an der glatten Felswand abrutschte.

Ishtar konnte in dem schwachen Licht die Fortsetzung des Tunnels in der gegenüberliegenden Felswand deutlich erkennen und sah dort sogar die Steine, an denen sie sich festklammern konnte. Zusehends wuchs ihre Zuversicht, auch dieses Tor überwinden zu können.

Ishtar schloss die Augen und wartete, ob die Stimme des Geliebten ihr wiederum helfen würde. Lange wartete sie, an die Felswand geklammert, doch diesmal schwieg ihr Geliebter.

Warum nur? Wollte er etwa, dass sie in den Abgrund stürzte? War ihm womöglich etwas zugestoßen? Oder durfte er ihr nicht beistehen?

Wie lange sie auch wartete, die helfende Stimme schwieg.

Ishtar fand heraus, dass es bei dem Herannahen der gegenüber liegenden Felswand immer ein klein wenig heller wurde. Und jedes Mal, wenn sich die beiden Felswände beinahe berührten, war es für einen kurzen Augenblick so hell in dem Felsengang, dass ihr nach und nach deutlich wurde, wie die Aufgabe angepackt werden musste.

Jetzt kam es nur noch auf ihre Entschlusskraft an.

Wieder fuhren die beiden Felswände aufeinander zu, wieder waren die schemenhaften Umrisse der herannahenden Felswand und der Fortgang des Tunnels auf der anderen Seite klar erkennbar. Wieder reckte sich der schuppige Drache empor, dessen scheußlichen Mäulern der pestartige Gestank entquoll, und wieder hielten die Wände mit einem scharfen Ruck an: In diesem Augenblick, genau in diesem Augenblick sprang die Königin über den Abgrund. Die feuerzüngelnden Drachenmäuler schnappten ins Leere.

Während Ishtars Fuß auf dem gegenüberliegenden Felsen sicher landete und ihre Hände an der Felswand Halt fanden, strebten die beiden Tunnelenden mit großer Geschwindigkeit wieder auseinander und der Drache, der an den glatten Felswänden einfach keinen Halt finden konnte, verschwand in der Tiefe.

DAS FÜNFTE TOR

Ishtar stieß einen lauten Jubelschrei aus, als sie die Drachenschlucht übersprungen hatte.

War es nur aus Freude über den gelungenen Sprung oder lag darin schon die Vorfreude, bald mit dem Geliebten vereint zu sein? Auch die vierte Probe hatte sie bestanden, nur noch drei lagen vor ihr. Mehr als die Hälfte der Prüfungen hatte sie bereits geschafft. Für einen Augenblick freute sie sich so, als hätte sie das Wasser des Lebens schon geschöpft und ihren Geliebten aus seiner Erstarrung erlöst. Aber nicht lange konnte sie sich diesen Gefühlen hingeben.

Während sie weiterschritt, bemerkte sie, dass die Wände des Ganges in einem milden, rosigen Licht erstrahlten, so, als ob die aufgehende Sonne durch die Wolken des Morgenhimmels schimmerte. Die Luft war von zartem Rosenduft erfüllt. Alles schien heiter und leicht zu sein. Das änderte sich bald, denn nun gabelte sich der Gang, und beide Gänge glichen sich wie ein Ei dem anderen. Der rechte führte steil bergan, der linke führte in die Tiefe. Welchen sollte sie wählen? Nur einer der beiden Wege konnte zum Wasser des Lebens führen, wohin aber würde sie der andere bringen? Vielleicht hörte er irgendwann einfach auf? Vergeblich suchte sie nach einem Wegweiser oder irgendeinem anderen Hinweis. Unschlüssig blieb sie stehen und wartete auf ein Zeichen, das ihr Gewissheit geben würde.

Der linke Weg ist bequemer, dachte sie, denn er führt abwärts. Wenn ich ein Pferd wäre, würde ich diesen nehmen. Deshalb entschied sie sich für den anderen Gang, und der erwies sich als der Richtige. Ob der bequemere Weg auch zum Ziele geführt hätte? Wer kann es wissen?

Nach einigen Biegungen führte der Gang, durch den sie schritt, nicht weiter bergan. Die Tunnelwände leuchteten noch immer wie Rosenquarz, etwas weiter glitzerten und funkelten sie wie Bergkristall, noch etwas weiter schienen sie wie mit Perlmutt ausgekleidet.

Ishtar war von dem Farbenspiel so hingerissen, dass sie gar nicht mehr recht auf den Weg achtete. Plötzlich stieß ihr Fuß gegen etwas Hartes und es entfuhr ihr ein leiser Schmerzensschrei. Was sie erblickte, ließ sie vor Schreck erstarren: Sie stand vor einer nicht allzu breiten Marmortreppe, die steil aufwärts führte. Rechts und links der Treppe lagerten auf säulenartigen Sockeln zwei schlafende Löwen. Die schlummerten so tief, dass sie nicht einmal durch Ishtars Schmerzensruf erwachten. Um sie nicht aufzuwecken, vermied Ishtar jedes Geräusch und stieg zwischen ihnen hindurch die Treppe aufwärts.

Die Raubkatzen schienen in angenehmen Träumen befangen, denn sie schnurrten behaglich.

Auf halber Treppenhöhe lagerte ein zweites Löwenpaar, ebenfalls auf Sockelsäulen. Verschlafen räkelten sie sich und gähnten geräuschvoll. Gleich würden sie aus ihrem Schlummer erwachen! Ishtar erkannte die wachsende Gefahr und sprang so schnell sie konnte treppauf zwischen den beiden knurrenden Löwen hindurch. Die waren noch vom Schlaf befangen, und schlugen mit ihren Tatzen ziellos um sich. Sie konnten ihr jedoch nichts mehr anhaben.

Das Schlimmste stand Ishtar aber noch bevor. Am Ende der Treppe erwarteten sie zwei Löwen von nie gesehener Größe. Sie brüllten wütend, rissen ihre Rachen auf und peitschten mit ihren dicken Quastenschwänzen die Luft. Rastlos drehten und wendeten sie sich auf den Marmorsäulen nach allen Seiten.

Die Löwen hatten schon Ishtars Witterung aufgenommen und leckten sich in erwartungsvoller Fressgier die Lefzen. Sie waren aber an ihren Ort gebannt und konnten die Säulen nicht verlassen.

Ishtar näherte sich vorsichtig den Bestien und versuchte sie mit ihrer Stimme zu beruhigen. Wie zu verspielten Katzen sprach sie zu ihnen, leise und liebevoll. Doch sie blieben blutgierige, ungezähmte Raubtiere. Stattdessen benahmen sie sich noch unbeherrschter, und das blutrünstige Gebrüll wurde immer Furcht erregender. Zwischen diesen grässlichen Ungeheuern musste Ishtar hindurch, wenn sie auf dem Weg zum Wasser des Lebens bleiben wollte.

Jeder andere wäre an dieser Stelle eher umgekehrt als weiter gegangen. Nicht aber Ishtar. Sie wusste, dass sie ihren Geliebten nur erlösen konnte, wenn sie das Unmögliche wagte, ohne sich selbst zu schonen. Mit festen, entschlossenen Schritten, den Blick geradeaus gerichtet, stieg sie die letzten Stufen mitten zwischen den Löwen hindurch, während sie ihr mit scharfen Krallen Gesicht und Arme zerkratzten. Aus Rücken, Brust und Schultern rissen ihr die Bestien blutige Fleischfetzen, doch konnten sie die zu allem entschlossene Königin nicht aufhalten. Als sie aber das Löwentor durchschritten hatte, stürzte sie ohnmächtig vor Schmerzen zu Boden.

Lange lag sie so, bis sie wieder zu Bewusstsein kam. Ihr ganzer Körper schmerzte und sie fühlte sich schwach und elend. Was würde ihr Geliebter sagen, wenn er sie jetzt in ihrer Not sehen würde, durch Schmerzen und Wunden entstellt? Wie sehr wünschte sie sich, die Löwen hätten sie zerstückelt und zerrissen. Mühsam erhob sie sich und schleppte sich weiter bis zu einem Brunnenbecken, das unter einem Felsenüberhang schimmerte. Zwischen Farnbüscheln und Wurzelgestrüpp plätscherte frisches, klares Bergwasser in einen in den Fels gehauenen Trog. Hier konnte sich Ishtar die brennenden Wunden kühlen. Als sie die Hände und die Arme wieder aus dem Wasser hob, waren wie durch einen Zauber alle Wunden geheilt und sie spürte keine Schmerzen mehr. Ein gleiches Wunder geschah, als sie ihr Gesicht in dem Quellwasser wusch. Kurz entschlossen stieg sie in das Becken und tauchte mit ihrem ganzen Körper unter.

Nicht einmal ein Kratzer auf der Haut war von den schweren Wunden zurückgeblieben, als sie aus dem Becken stieg. Sie spürte, wie frische Kräfte sie durchströmten. Neue Hoffnung stieg in ihr auf, und mit freudiger Zuversicht eilte sie dem sechsten Tor entgegen.

DAS SECHSTE TOR

Ishtar spürte keine Schmerzen mehr und litt weder Hunger noch Durst. Sie begriff noch immer nicht, wie all ihre grässlichen Wunden in dem Quellwasser so schnell hatten heilen können und wie sie wieder schön und unversehrt sein konnte.
Von frischer Freude durchströmt, blickte sie vorwärts und folgte dem Bachlauf flussaufwärts. Dieses Wunderwasser hatte ihre Lebenskräfte und Zukunftshoffnungen auf wundersame Weise erneuert.
Doch es galt noch, die beiden letzten Proben zu bestehen!
Der Bach floss durch eine wunderschöne, saftige, grüne Wiese, auf der wuchsen unzählige Gänseblümchen und gelbe Butterblumen neben vielen seltenen Blumen in allen Farben. Und alles duftete so gut!
Bald aber wurde die Wiese feucht und sumpfig und das Gehen mit jedem Schritt beschwerlicher. Ishtar konnte kaum noch die Füße heben und schließlich blieb sie in dem Sumpf stecken. Sie fand keinen Halt mehr unter den Füßen und spürte, wie sie langsam im Moder versank. Alle Anstrengungen halfen nichts, je mehr sie sich abmühte, desto tiefer sank sie ein. Nur noch wenige Schritte und sie hätte auf einem guten, trockenen Pfade weitergehen können, hätte wieder festen Boden unter den Füßen gehabt. Aber sie sank tiefer und tiefer in den Schlamm, erst bis zu den Knien, dann bis zu den Hüften, weiter bis zur Brust und schließlich ragte nur noch ihr Kopf aus dem Moderpfuhl.
Dicht vor sich und doch unerreichbar sah sie das Ende der Moorwiese. Dennoch hatte sie in dieser bedrohlichen Situation keine Angst vor dem Tode. Aber als sie daran dachte, dass der schöne Jüngling, den sie mehr liebte als sich selbst, nun auf ewig ein Steinklotz bleiben müsse, wurde sie von tiefem Mitleid zu ihm überwältigt. Ihre Augen füllten sich mit Tränen und sie begann still zu weinen. Mit ihrer ganzen Seele, mit ihrem ganzen Wesen, in allen Gefühlen und Gedanken war Ishtar bei ihrem Geliebten.
Noch immer stand ihr der Morast bis zum Kinn, und es war ihr bisher noch gar nicht aufgefallen, dass sie schon seit einiger Zeit nicht mehr tiefer sank. Jetzt aber spürte sie, dass sich unter ihren Fußsohlen etwas zu regen begann. Etwas wuchs ihren Füßen entgegen und bot ihnen gleichzeitig Widerstand. Behutsam wurde sie nach oben gehoben und geschoben. Wie kam das nur?

Bald steckte sie nur noch bis zur Brust, dann bis zur Hüfte in dem Sumpf und noch immer wusste sie nicht, welche Wunderkraft sie emporhob.
Erst als ihre Knie wieder aus der Moorbrühe auftauchten, begann sie etwas zu ahnen, und als ein kräftiges Grün unter ihren Füßen schimmerte, wurde es ihr zur Gewissheit.
Sie stand auf dem Blatt einer riesigen Seerose, das vom Grunde des Moores an die Oberfläche wuchs. Wie ein großes rundes Floß schwamm das Blatt auf dem Schlammwasser und hatte noch genügend Kraft, auch die Königin aus der modrigen Gefangenschaft zu befreien. Kurz danach tauchten noch zwei weitere ebenso große Blätter aus dem Moorboden an die Oberfläche, so dass Ishtar leichten Fußes über sie hinweg auf den mit Steinplatten ausgelegten Pfad springen konnte, den sie noch kurz zuvor glaubte, nie mehr erreichen zu können.
Als sie sich umschaute, entfaltete die Seerose zwischen den drei Blättern ihren samtenen Blütenkelch.
Von einem Windhauch berührt, wurde die zu voller Schönheit erblühte Seerose noch einmal ganz dicht an den Weg heran getrieben und es schien Ishtar, als ob ihr aus der Mitte des Kelches ein lichtes Blütengesicht freundlich zulächelte.
Ishtar beugte sich voller Dankbarkeit herab und hauchte einen zarten Kuss auf eines der Blütenblätter. Da begann die Seerose von innen her wie ein Edelstein zu schimmern. Sie leuchtete wie Gold und Silber zugleich, schien bald ein Rubin, bald ein Smaragd, bald ein Diamant zu sein.
Auf dem Grunde des Blütenkelches aber lag ein kleiner goldener Schlüssel, den die Seerose der schönen Königin Ishtar als geheimnisvolles Geschenk darbot.
Hätte sich Ishtar nach ihrer wunderbaren Rettung aus dem Sumpf jetzt nicht noch einmal umgeschaut und sich bei der Seerose aus tiefstem Herzen bedankt, den goldenen Schlüssel hätte sie nicht gefunden. Und ohne diesen Schlüssel hätte sie nie und nimmer das letzte, das siebente Tor aufschließen können. Alle Mühen, Schmerzen und Nöte, die sie bisher auf sich genommen hatte, um den Geliebten zu erlösen, wären vergebens gewesen.

DAS SIEBENTE TOR

Ishtar schritt auf dem mit Steinplatten ausgelegten Weg weiter. Er führte durch eine weitläufige, karge, ausgedörrte Felswüste. In der Ferne schimmerte bläulich eine schroffe Bergwand. Endlos schien der Weg dorthin. In der einsamen Öde wuchsen weder Bäume noch Sträucher. Es gab keine Blumen und nicht einmal Gräser. Verbranntes Land dehnte sich bis zum Horizont.

Als Ishtar nach endloser Wanderung schließlich unter der Felwand stand, tat sich ein rundes, schwarzes Loch vor ihr auf. Der Pfad, auf dem sie gekommen war, führte dort in den Berg, also schlüpfte sie hinein. Noch ehe sich ihre Augen an die Dunkelheit gewöhnen konnten, schloss sich das Felsenloch hinter ihr und sie stand in nachtschwarzer Finsternis.

»Vielleicht muss ich nur etwas warten, damit sich meine Augen an die Dunkelheit gewöhnen«, dachte sie. Aber sie fühlte sich in der Finsternis von Furcht bedrängt. Deshalb sang sie ein Lied für ihren fernen Geliebten, dessen Namen sie zu gerne gewusst hätte. Sie sang mit klagender, wehmütiger Stimme. Und sonderbar: Je länger sie sang, desto mehr wichen Schwermut und Angst aus ihrem Herzen, obwohl es um sie herum so finster blieb wie zuvor. Beim Singen hatte sie ein feines Echo gehört und so vermutete sie, dass sie sich in einem hohen, unterirdischen Felsendom befand. In welche Richtung sollte sie gehen?

Endlich erinnerte sie sich des kleinen goldenen Schlüssels, den ihr die Seerose geschenkt hatte. Sie zog ihn hervor und zu ihrer Überraschung strahlte der wundersame Schlüssel in der Dunkelheit von innen heraus wie eine magische Laterne. Im Scheine dieses milden Lichtes konnte sie nun den Felsendom erkunden und fand heraus, dass von den Wänden unzählige Gänge nach allen Richtungen gingen, jeder mit einem eisernen Tor und einem schweren Schloss zugesperrt. Geduldig probierte sie, ob der Schlüssel zu einem der Tore passte. Doch erst die letzte Tür hatte das richtige Schloss. Es sprang auf und knarrend öffnete sich die Tür. Ishtar hatte das Tor kaum durchschritten, als die Tür hinter ihr wieder ins Schloss fiel und sie zur Gefangenen machte. Hier gab es kein Zurück mehr, es ging nur noch vorwärts, und so stand sie bald in einem Felsendom, der dem ersten ähnelte, denn auch von ihm gingen viele verschlossene Gänge ab, von denen der goldene Schlüssel wiederum den letzten zu öffnen vermochte.

Ein Wirrwar von Gängen, nach einem unbekannten Plan zu einem großen unterirdischen Labyrinth zusammengefügt, durchzog das Innerste der Erde.

Jedoch der goldene Schlüssel, den Ishtar in der Hand hielt, zog sie durch all die verworrenen Gänge, er leitete sie immer zu dem rechten Tor und wies den richtigen Weg durch den in ewiger Nacht im Erdinnern verborgenen Tempel.

Nur etwas beunruhigte sie: Nach jedem Tor, das sie durchschritt, wurde das Gehen schwerer. Es kam ihr so vor, als ob ihr an jedem Tor eine neue, weitere Last auf die Schultern gelegt würde. Nur noch mühsam schleppte sie sich weiter.

Wie viele Tore hatte ihr der goldene Schlüssel schon geöffnet? Wie viele Türen waren hinter ihr wieder zugefallen? Wie viele Gänge hatte Ishtar schon durchschritten? Sie hätte es nicht zu sagen vermocht.

Als sich jetzt wiederum ein Tor vor ihr auftat, sah sie am Ende des Ganges einen Lichtschimmer. Wie froh war sie über dieses Licht. Schritt um Schritt kämpfte sie sich gegen die auf ihr lastende Schwere vorwärts. Ihre Glieder, ihr ganzer Körper wurden unerträglich schwer. Mit jedem Schritt, den sie tat, musste sie sich mehr plagen, doch wurde auch das aus der Ferne schimmernde Licht mit jedem Schritt ein wenig heller und größer.

Der Gang führte in einen hohen Saal, von dessen Wänden kostbare Edelsteine in allen Farben des Regenbogens glitzerten und funkelten.

Das Licht ging von einer großen, klaren Kristallkugel aus. Im Innersten dieser Kugel war eine purpurn schimmernde Flamme zu erkennen, die sich durch das unter der Kugel hervorsprudelnde Wasser stetig veränderte. Die Quelle befand sich inmitten eines hellen, durchsichtigen, sich immerfort wandelnden Lichtgebildes, das bisweilen einer Schale ähnlich schien und schon kurz darauf mehr einem hohen Kelche glich. Die kristallene Kugel hob und senkte sich in dem pulsierenden Wasser, wobei das Wasser in sanften Wellen rundherum über den Rand der Schale schwappte und abfloss. Die Quelle und die Schale aber waren in einen mehr als mannshohen, besonders regelmäßig geformten Bergkristall von allen Seiten eingeschlossen.

In demselben Augenblick, in dem Ishtar über eine goldene Schwelle den Kristallsaal betreten hatte, wurde die gewaltige Last auf ihren Schultern von ihr genommen, und sie fühlte sich wie schwerelos. Endlich stand sie vor der Schale, aus der das Wasser des Lebens quoll, ohne das es auf der Erde weder Pflanzen, noch Tiere noch Menschen gäbe. Vor ihren Augen floss das wundersame Wasser, das ihren Liebsten wieder zum Leben erwecken sollte.

Aber wie sollte sie durch den harten, glatten Bergkristall an die köstliche Quelle im Innern gelangen?

Lange betrachtete sie den Kristall und die in der Schale auf- und niedersteigende lichte Kugel mit der Purpurflamme in ihrem Innern. Gab es da ein geheimes Türchen oder wenigstens eine Öffnung, durch die sie an den kostbaren Quell gelangen könnte? Der Bergkristall jedoch war rundherum makellos glatt, hatte keine noch so geringe Unebenheit.

Ishtar tastete, drückte und klopfte überall, doch schließlich musste sie einsehen, dass sie nichts auszurichten vermochte.

In ihrer Hilflosigkeit probierte sie, ob nicht der goldene Schlüssel im Stande wäre, den Kristall aufzuschließen. – Vergeblich! Nirgends war ein Schloss zu finden.

Ishtar hatte all die schweren Prüfungen überstanden und endlich schien sie am Ziel ihrer Wünsche angelangt. Aber das Wasser des Lebens konnte sie nicht schöpfen. Je länger ihre hilflosen Bemühungen dauerten, desto verzweifelter wurde sie. Mutlos sank schließlich ihre Hand, die den goldenen Schlüssel hielt, herab. Ishtar lehnte die Stirn an den kühlen Kristall und ließ ihren Tränen freien Lauf. Als sie keine Tränen mehr hatte und all ihre Hoffnungen geschwunden waren, löste sie sich von dem Stein und trat ein wenig zurück. Als sie den Blick hob, sah sie, was sie zuvor gar nicht hätte sehen können: Die Flamme, die im Innern der Kristallkugel ihren anmutigen Tanz aufführte, zeichnete eine seltsame Lichtspur auf den von ihren Tränen benetzten Kristall, immer wieder erschien dort eine feine glänzende Schrift, die entstand und verging und wiederum entstand und abermals verging

Es erschien dort ein Wort, das deutlich aufleuchtete: »Tammuz« war dort zu lesen. Leise sprach sie dieses Wort zu sich. Der Klang schien ihr ganz vertraut. Die Stimme, die sie so lange nicht mehr vernommen hatte, hörte sie wieder in ihrem Innersten. Sie gab ihr die Antwort auf ihre stumme Frage ins Herz. »Tammutz«? Mit einem Male – wer hatte ihr diesen rettenden Gedanken eingegeben? – wusste sie es: Tammuz, das ist sein Name! Mit einem hellen Jubelschrei vom Grunde ihres Herzens rief sie ihren Geliebten!

Der Name war noch nicht verklungen, da löste sich der Bergkristall, der die Quelle bislang umschlossen hatte, auf und wurde zu klarem Wasser. Die Kugel inmitten der Schale öffnete sich und verwandelte sich in eine zarte Blüte. Aus der Mitte ihres Kelches aber, dort, wo noch bis eben die purpurne Flamme so geheimnisvoll geleuchtet hatte, entstieg dem quellenden Wasser Ishtars Geliebter, dessen Antlitz von einem Lächeln verklärt schien.

Ishtar und Tammuz konnten ihr Glück kaum fassen. Lange standen sie wortlos gegenüber, bevor sie sich freudig umarmten. Da aber weitete sich der Raum um sie her und wurde zu einem hohen, lichtdurchfluteten Gewölbe, in dem sie seither in nicht enden wollender Liebe miteinander verbunden leben.

Am Sternenhimmel sind Tammuz und Ishtar seither als zwei besonders klar leuchtende Sterne zu sehen, die immer ganz nah beieinander stehen.

NACHWORT

Werde ich am Ende meines Lebens unwiderruflich dem Tode verfallen? Werde ich nochmals geboren und auf die Erde zurückkommen oder gibt es gar ein Mittel, durch das ich unsterblich werden könnte? Diese großen Rätselfragen begleiten jeden Menschen durch sein Leben.

Der Gedanke an eine mögliche Reinkarnation ist wie ein Hoffnungstor: Durch den Tod hindurchzugehen, eröffnet die Möglichkeit zu einem neuen Leben. Aber was für einen Sinn kann man darin erkennen, sich Leben um Leben zu mühen und zu plagen, wenn man schon im Voraus weiß, dass man wiederum sterben muss? Nur in Verbindung mit dem Gedanken an eine Höherentwicklung des Menschen bis hin zur Unsterblichkeit wird Reinkarnation erst sinnvoll.

Die vorliegende Geschichte erzählt, unter welchen Umständen in legendären Zeiten ein Sterblicher das ewige Leben gewann. Sie ist in unterschiedlichen Variationen in allen Kulturepochen erzählt worden, ist gewissermaßen die Urgeschichte, die durch immer neue Wandlungen und Metamorphosen gegangen ist und in allen späteren Geschichten enthalten ist. Es ist die Geschichte von der wahren Emanzipation der Frau, die, weil sie liebt, zu jedem nur denkbaren Opfer fähig wird und den Widersachern das Geheimnis des ewigen Lebens abringen kann. Ursprünge dieser Mythe lassen sich sowohl in der altgriechischen als auch in der ägyptischen Kulturepoche auffinden, z. B in der Sage von »Venus und Adonis« oder in der von »Isis und Osiris«. Doch es gibt noch ältere Quellen.

Die Legende von »Tammuz und Ishtar« wurde erstmals um das Jahr 2500 v. Chr. in Mesopotamien niedergeschrieben, ihre Ursprünge gehen höchstwahrscheinlich noch sehr viel weiter, wahrscheinlich bis in prähistorische Zeiten zurück. An der Schwelle vom zweiten zum dritten Jahrtausend nach Christi Geburt ist es diese Geschichte, die wiederum ins Gedächtnis gerufen wird. Weil es sich aber um eine wahre Geschichte handelt, kann man sie nicht nur einfach von den Tontafeln abschreiben und in unsere Sprache übersetzen; denn sie ist gewissermaßen mit der sich zu einem neuen Bewusstsein entwickelnden Menschheit mitgewachsen. Sie hat selber teilgenommen am Evolutionsprozess der Menschheit und wird in zweitausend Jahren wieder zu anderen Imaginationen führen.

Die alte ägyptische Legende berichtet, dass Osiris von Typhon, den wir heute mit dem Namen »Ahriman« bezeichnen würden, getötet und vom Nil hinweggeschwemmt wurde und erzählt, wie ihn Isis wiederfindet und der von Typhon in vierzehn Teile zerstückelte Osiris in die Erde versenkt wurde. »Wir müssen in einer gewissen Weise die Isis-Legende, den Inhalt des Isis-Mysteriums wiederfinden, aber wir müssen ihn bilden aus der Imagination heraus, gefasst für unsere Zeit.«[1]

Der Grundgedanke unserer Geschichte in der mesopotamischen Zeit, die im Gegensatz zu den patriarchalisch geprägten Kulten der Pharaonenzeit von starken matriarchalen Einflüssen geprägt war, baut eine Brücke zwischen Vergangenheit und Zukunft:

Tammuz wird von Ishtar, die zugleich Geliebte, Schwester und Mutter ist, aus der Schattenwelt befreit. Durch den dreifachen Aspekt des Weiblichen wird deutlicher, worum es geht. Die unbewussten, zunächst mondenhaften, dem eigenen Geistigen unmittelbar verbundenen Seelenkräfte sind es, die Tammuz aus dem Schattenreich erlösen und zum Lichte führen.

Anklänge an diese babylonische Mythe lassen sich auch in Schikaneders Libretto zu Mozarts »Zauberflöte« erkennen. Selbst der Name des Prinzen »Tamino« kann seine Verwandtschaft mit dem Namen »Tammuz« nicht verleugnen.

Die Verbindung matriarchaler Kräfte mit den Auferstehungskräften des Christus wird im Zuge der spirituellen Entwicklung des Menschen zukünftig leichter gelingen als bisher. Es braucht neue Erkenntnisse und Entdeckungen auf allen Gebieten des Lebens. Insbesondere im Bereich der Naturwissenschaften werden durch die sich anbahnende Erkenntnis des Zusammenhanges der Erde mit dem Kosmos neue, lebensvolle Bezüge gewonnen werden, von deren weltverändernden Auswirkungen heute noch kaum erste Ahnungen vorhanden sind. Neue Hoffnungen lassen sich aber erst wieder schöpfen, wenn die weiblichen Aspekte des Christus und des Christentums wiederum gesucht werden.

Die vorliegende Geschichte und die dazu gemalten Bilder sind wie Vorahnungen dieser geistigen Morgenröte.

Möge dieses Buch den Glauben an die schicksalrettende Kraft der Liebe stärken, bis die Angst vor dem Tode ihre vermeintliche Berechtigung endgültig eingebüßt haben wird.

So widmen wir dieses Buch allen Menschen, die in ihrem Ringen um Erkenntnis das Licht und die wärmende Kraft der Liebe, durch die allein Unsterblichkeit möglich wird, nicht missen mögen.

Michael Schubert, Hansjörg Aenis
Schopfheim und Basel, Weihnachten 1999

---

1 R. Steiner, »Die Suche nach der neuen Isis, der göttlichen Sophia«, in: »Die Brücke zwischen der Weltgeistigkeit und dem Physischen des Menschen« (GA 202), Vortrag vom 24. Dezember 1920, Dornach [4]1993.

ISBN 3-8251-7318-6

Erschienen 2000 im Verlag Urachhaus
© 2000 Verlag Freies Geistesleben & Urachhaus GmbH, Stuttgart
Druck: Proost N. V., Belgien